QUESTION

D'HISTOIRE LITTÉRAIRE.

DE L'INFLUENCE DU PAPYRUS ÉGYPTIEN

SUR LE DÉVELOPPEMENT

DE LA LITTÉRATURE GRECQUE.

PAR M. E. EGGER,

Professeur-suppléant de littérature grecque à la Faculté des lettres de Paris.

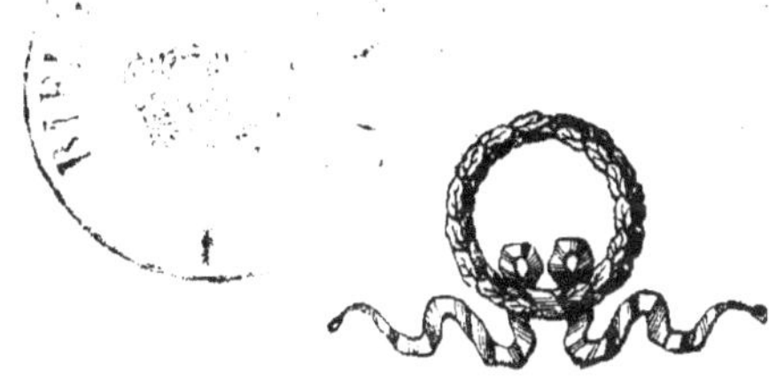

PARIS,

IMPRIMERIE DE PAUL DUPONT ET Cⁱᵉ,

Rue de Grenelle-Saint-Honoré, n° 55.

1842

Depuis longtemps signalée par de savants critiques (Wolf, *Prolegom. ad Homerum* , § xv, sq. Creuzer, *Historische Kunst der Griechen*, p. 73. Levesque, *Histoire crit. de la Rép. rom.* I. p. v. Voyez aussi *Histoire de la Grèce*, par C. Thirlwall. T. II, p. 108, dans l'Encyclopédie anglaise de J. Lardner), la question que nous examinons aujourd'hui n'a pas encore été étudiée avec toute l'attention qu'elle réclame. Le savant Heeren lui-même l'a passée presque entièrement sous silence dans son grand ouvrage Sur la politique et le commerce des peuples de l'antiquité. C'est ce qui nous a engagé, dans notre Cours de cette année , à en faire l'objet d'une leçon spéciale : le morceau qu'on va lire n'est qu'une analyse de cette leçon , augmentée de quelques réflexions et de quelques preuves nouvelles.

DE

L'INFLUENCE DU PAPYRUS ÉGYPTIEN

SUR LE DÉVELOPPEMENT DE LA LITTÉRATURE GRECQUE.

I.

Dans une de ses célèbres leçons à l'Ecole normale, Volney divise l'histoire générale de l'humanité , et particulièrement celle de la littérature historique, en deux périodes que sépare l'invention de l'imprimerie. « Telle est, dit-il pour résumer ce curieux « paradoxe, telle est la puissance de l'imprimerie , telle est son « influence sur la civilisation , c'est-à-dire sur le développement « de toutes les facultés de l'homme dans le sens le plus utile à la « société , que l'époque de son invention divise en deux systè- « mes distinctifs et divers l'état politique et moral des peuples « antérieurs et des peuples postérieurs à elle, ainsi que de leurs « historiens; et son existence caractérise à tel point les lumières « que, pour s'informer si un peuple est policé ou barbare, l'on « peut se réduire à demander : A-t-il l'usage de l'imprimerie, a- « t-il la liberté de la presse (1)? » Ainsi, en élevant une statue à Guttemberg, l'orgueil mayençais a pu justement inscrire le *Fiat lux* de la Genèse sur le premier volume sorti des presses de ce grand homme.

---

(1) Troisième leçon d'histoire à l'École normale.

Cette opinion, qui surprend d'abord par une apparence de grandeur et de simplicité, cache pourtant de graves erreurs. Pour ne rien dire des peuples asiatiques, que Volney range trop vite parmi les Barbares, et ne considérer que le monde européen, la critique de notre savant publiciste est à la fois bien superficielle et bien injuste. Il ne fallait point comparer l'imprimerie à l'écriture, telle que celle-ci se présente à nous durant le moyen-âge, a l'écriture ainsi déchue de son antique puissance. Bornée à la rédaction des actes officiels et aux travaux solitaires du cloître, l'écriture n'était plus cette arme de propagation qui jadis multipliait rapidement et à peu de frais les productions de la pensée (1). Plusieurs circonstances en avaient restreint les bienfaits ; mais surtout elle avait perdu, dès le siècle de Charlemagne, le secours d'une substance qui seule en rend l'usage commode et efficace, d'un *papier*. Le parchemin était rare et cher ; le papier de coton et le papier de linge ne l'avaient pas encore remplacé. De bonne heure on s'était vu réduit à effacer une première écriture pour copier des ouvrages modernes sur les feuilles des vieux manuscrits, et le grand nombre de ces palimpsestes ou *codices rescripti* que possèdent encore nos bibliothèques, atteste assez les ravages qu'exerça sur les monuments de la littérature classique l'emploi de ce déplorable procédé (2).

L'antiquité, au contraire, depuis le siècle de Pisistrate jusqu'aux dernières années de l'école d'Alexandrie, posséda pour l'écriture une matière commode, légère, peu coûteuse, et qui par là doublait la puissance du copiste et de l'écrivain. C'est cette matière, c'est le *papyrus* égyptien dont Volney a complètement méconnu l'importance, et dont l'introduction en Grèce ouvre, selon nous, pour le monde ancien, une période de progrès com-

---

(1) V. M. Géraud : *Essai sur les livres dans l'Antiquité.* 1840. In-8°.
(2) V. B. de Montfaucon dans le tome VI des Mémoires de l'Académie des Inscriptions et Belles-Lettres.

parable à celle qu'immortalisent chez les modernes les deux découvertes de Guttemberg et de Christophe Colomb.

J'aime à croire que les historiens grecs, si curieux en toutes choses de la recherche des origines, n'avaient pas oublié le papyrus égyptien dans leurs ouvrages, aujourd'hui perdus, *sur les inventions* (1). Depuis Ephore de Cumes, on voit se multiplier ces recueils où l'invention du papier de byblos méritait bien de figurer au premier rang. On trouve même dans Eustathe (2) le titre d'un livre également perdu : περὶ βύδλου , composé au deuxième siècle de notre ère par le rhéteur Ælius Dionysius d'Halicarnasse ; et entre les deux sens que ce titre paraît offrir (*sur le byblus* ou *sur la ville de Byblos,* en Palestine), je pencherais pour le premier, en remarquant que le même auteur avait écrit *sur Alexandrie* un livre dont le sujet paraît avoir été purement littéraire (3). Toutefois, il faut avouer que les témoignages épars dans des écrivains étrangers d'ailleurs à ces recherches spéciales, sont, avec les monuments eux-mêmes, la seule ressource qui nous reste aujourd'hui pour essayer l'histoire de cette découverte.

On voit dans Platon et Diodore de Sicile (4) comment l'Egypte prétendait être le berceau des sciences et des arts de la Grèce. Suivant les prêtres de Memphis, Musée, Orphée, Homère

---

(1) M. Bode en a recueilli les titres avec beaucoup de soin dans son *Histoire de la poésie grecque,* t. I, p. 7 suiv.

(2) *Ad Dionysii periegesin,* vers. 912. Cette citation nous avait échappé, ainsi que quelques autres, quand nous rassemblions les témoignages de l'antiquité sur ce savant rhéteur. (*Longini quæ supersunt,* p. LVI —LXI.)

(3) V. Photius *Myriobibl.,* cod. 161, et l'auteur anonyme de la Vie de Scylax.

(4) Platon, *Timée ;* Diodore, *Bibl. hist.* I, 66, 67 et 96. V. aussi Dion Chrysostome, discours XIe. Les autres textes relatifs à ces anciennes relations de l'Egypte avec les peuples étrangers sont indiqués dans un mémoire de M. Junker, auquel nous pouvons renvoyer nos lecteurs. (*Neue Jahrbücher für Philologie und Pædagogik.* VII Supplementband, p. 357-384.)

même, avaient puisé en Egypte les traditions historiques ou la philosophie sublime qu'ils propagèrent dans leur poésie. De la même école étaient sortis les sculpteurs Teclès et Théodore, les législateurs Minos et Lycurgue ; et c'est avec les colonies égyptiennes de Cécrops, de Danaüs et d'Inachus que l'ordre politique avait paru pour la première fois au sein de l'Hellade barbare. En faisant dans ces prétentions, quelquefois consacrées par la crédulité des Grecs eux-mêmes, une large part à la vanité nationale des Egyptiens, il faut avouer que l'Egypte a précédé de beaucoup la Grèce dans les premiers progrès de la civilisation. Ainsi l'architecture atteignait déjà une merveilleuse perfection sur les bords du Nil à l'époque où s'élevaient à Mycènes, à Tirynthe, ces grossiers monuments connus sous le nom de pélasgiques ou cyclopéens ; et même aujourd'hui, l'art de bâtir n'a pas surpassé la force et la précision de procédés dont témoignent les Pyramides, antérieures peut-être de trois mille ans à l'ère chrétienne. Hérodote (1) rapportait aux Egyptiens l'origine de quelques lois et coutumes spartiates, et l'on n'a guère de raisons solides contre la vérité de cette observation. Bien qu'une critique puissante ait mis à néant le fabuleux palais d'Osymandias, et, avec ce palais, la bibliothèque qui en faisait partie (2) ; bien qu'il soit impossible aujourd'hui de dire ce qu'étaient les livres de Thot déposés dans les autres bibliothèques de l'Egypte (3), on sait du moins, par les preuves les plus certaines, que l'écriture hiéroglyphique était déjà constituée longtemps avant l'importation de l'alphabet Cadméen en Grèce. Enfin, pendant que les autres nations connues écrivaient encore sur la pierre ou le mar-

---

(1) Liv. vi, c. 59, 60.

(2) V. M. Letronne dans le *Journal des Savants* de 1822, et dans le tome IXe des *Mémoires de l'Académie des inscriptions*. Cf. Heeren, *De la politique et du commerce*, etc., t. VI, p. 251 ; trad. fr.

(3) V. Jamblique, *de Myster.* VIII, 1. Cf. Clement Alex. *Stromates*, VI, 4, et la *Revue française* du 1er décembre 1838.

bre, sur des feuilles d'ivoire ou de métal, sur des écorces d'ar-
bre, sur des feuilles de palmier, sur la toile ou les peaux tan-
nées, l'Egypte employait déjà pour cet usage un produit particulier de son sol, le *papyrus* ou *byblus* ; les légendes pharaoniques
ne s'écrivaient pas seulement sur les parois des hypogées, sur les
murs des temples, ou sur le revêtement extérieur des pyramides,
mais aussi sur des rouleaux de cette frêle substance qui a souvent traversé les siècles, grace à la protection d'un climat con-
servateur.

Nous ne parlerons point ici de la fabrication du papier de papyrus ; les détails qu'on en trouve chez Pline l'Ancien ont été
souvent discutés, et, tout récemment, M. Dureau de la Malle les
a bien éclaircis dans un mémoire inédit, mais déjà connu par di-
verses lectures académiques. Ce qu'il nous importe de déterminer,
s'il est possible, c'est l'époque où commence entre les Grecs et
les Egyptiens le commerce de cette denrée.

Sur ce point, l'esprit de système pourrait se mettre à l'aise et
remonter plus haut que le manuscrit autographe de l'*Odyssée*
dont parle Libanius, plus haut que la lettre autographe de Sar-
pedon le Lycien, que l'on montrait à un contemporain de Pline (1).
En effet, des feuilles de papyrus conservées dans les musées
de l'Europe appartiennent presque certainement au quatorzième
ou au quinzième siècle avant notre ère (2), c'est-à-dire au temps
de Ramsès III ou Sésostris, le célèbre conquérant qui porta si
loin les armes égyptiennes. Malheureusement si les conquêtes de
Sésostris répandirent hors de l'Egypte quelques uns des secrets

---

(1) Libanius, *Epist. Lat.*, I, 68, 73; III, 149. Pline, *Hist. nat.*,
XIII, 26, 27.

(2) V. Champollion le Jeune, *Lettres au duc de Blacas*, p. 42, 67 et
suiv. Les plus anciens papyrus égyptiens, portant de l'écriture populaire ou démotique, ne remontent qu'à la fin du septième siècle avant
notre ère. V. A. Mai. Catalogo de' papiri Egiziani della Bibl. Vatic.
(Roma, 1825 ; 4°), p. 25. Reuvens, Atlas des *Lettres à M. Letronne*,
p. 6.

de sa riche civilisation , il n'est resté sur le sol grec aucune trace de cette influence. Pour en découvrir de certaines, il faut descendre jusqu'au septième siècle, et au règne de Psammitichus Ier (vers 630 av. Jésus-Christ). Ce règne, qui ferme une période de dissensions intérieures et ouvre une ère de civilisation nouvelle, est signalé aussi par de fréquentes relations entre l'Egypte et la Grèce. Il est possible que, dès 750 avant Jésus-Christ, des Grecs se trouvassent en Egypte comme l'a prétendu un ancien chronographe (1); ce qui est certain, c'est qu'ils y étaient en bien petit nombre, sans droit de résidence continue, sans droit de commerce avec leurs hôtes. Mais Psammitichus, au rapport d'Hérodote et de Diodore, étant chef d'un des douze gouvernements de l'Egypte, le Saïtique, sur les bords de la Méditerranée, put, à la faveur de cette heureuse situation, s'assurer le secours des pirates ioniens et cariens, triompha de ses onze rivaux, et resta seul maître du pouvoir. En récompense de leurs services, les Grecs reçurent le droit de libre échange avec les villes commerçantes du Delta (nous ne disons pas les villes *maritimes*, car il paraît constant que le Delta n'en renfermait pas alors une seule), ils fondèrent même près de Naucratis une espèce de colonie ou de comptoir, un *camp*, comme ont dit les anciens (2). Dès lors l'Egypte ne fut plus la terre mystérieuse de Protée, la patrie lointaine de Cécrops et d'Inachus, ce fut un pays de brillante réalité, où s'ouvrait entre les deux civilisations un commerce régulier de leurs produits respectifs. Bientôt il fallut, pour seconder ce commerce, une classe d'interprètes également instruits dans les deux langues. Psammitichus a encore l'honneur de cette fondation, et sa politique généreuse, continuée par ses successeurs Néchos et Amasis (3), complète, autant du moins qu'elle

---

(1) Castor, cité par Eusèbe dans sa Chronique.

(2) V. Hérodote , II, 152, suiv. Diod., l. c. cf. Heeren , tome VI, p. 411, suiv. et p. 149.

(3) V. M. Letronne , Mémoire sur le canal des deux mers, inséré dans la *Revue des Deux mondes* du 15 juillet 1841.

était possible, la fusion des deux peuples. Les Phéniciens se joignent à cette invasion pacifique dans la patrie des Pharaons; ils ont aussi leurs comptoirs près de Memphis (1). Cent ans à peine s'étaient écoulés que le voyageur grec Hécatée de Milet rencontrait sur les bords du Nil une Ephèse, une Chios, une Lesbos, une Samos (2); enfin, au temps d'Hérodote, malgré la répugnance des Egyptiens à laisser remonter leur fleuve par des vaisseaux étrangers, une tribu de Samiens était établie dans la grande Oasis (3).

Dès que l'Egypte fut ainsi ouverte aux marchands grecs, aucune denrée ne dut fixer plus tôt leur attention que le papier de papyrus, et l'on peut croire que bientôt une active exportation le répandit dans les ports de la Grèce; d'autres inductions concourent encore pour assigner aux premières années du sixième siècle l'origine de ce commerce et l'influence rapide qu'il dut exercer sur les progrès intellectuels du monde hellénique.

Hérodote, qui voyageait vers l'an 460 avant Jésus-Christ, parlant de divers usages du roseau appelé *papyrus* ou *byblos*, omet précisément celui qui nous intéresse le plus (4); mais son silence même a pour nous un sens particulier. Car l'historien d'Halicarnasse a fait deux fois remarquer (5) qu'il ne s'amuse point à répéter les faits connus de tous, qu'il veut surtout raconter et décrire les faits nouveaux ou peu familiers à ses lecteurs. Si donc l'emploi du byblus pour la fabrication du papier ne lui paraît pas une curiosité digne d'être consignée dans son livre, c'est apparemment que depuis longtemps la Grèce pratiquait cette industrie. Tel est encore le sens d'un passage souvent mal inter-

----

(1) V. Hérodote, II, 112.
(2) V. Hécatée de Milet, fragm., 286; Ed. Müller, dans la collection publiée par M. Didot. V. aussi le fragment septième de l'*Atthide* de Phanodème, dans la même collection.
(3) Hérodote, III, 26.
(4) Hérodote, II, 92; cf., VII, 25, 36.
(5) III, 106 et VI, 55.

prêté où Hérodote dit que les Ioniens, *d'après un ancien usage,* *appellent diphthère* (peau), *même le byblos* (le papier de papyrus), *parce que le byblos venant à manquer, ils s'étaient quelquefois servi* [pour le même usage] *de peaux de chèvres ou de brebis.* Et il ajoute que de son temps encore plusieurs peuples barbares écrivaient ainsi sur des peaux (1). Dès le siècle d'Hérodote, en effet, le mot de *byblos,* inconnu dans ce sens à la langue homérique (2), devient le synonyme de *livre.* Beaucoup d'allusions éparses dans les auteurs réfutent l'inconcevable erreur de Varron qui, confondant peut-être le papier égyptien avec celui de Pergame (*charta pergamena,* le parchemin), en rapportait la découverte au fondateur d'Alexandrie (3). Enfin la célèbre anecdote d'Alcibiade souffletant un pauvre maître d'école qui ne possédait pas un exemplaire de l'*Iliade* (4), prouve assez que les livres étaient alors devenus d'un usage commun et populaire.

Or, deux siècles entiers ne sont pas trop pour expliquer une telle diffusion. Et nous sommes ainsi ramenés au règne de la dynastie Saïtique : c'est-à-dire encore au règne de Pisistrate, à la fondation de la première *bibliothèque* dans Athènes, à la rédaction définitive des vieux monuments de la poésie traditionnelle, et surtout des poèmes homériques. Avec ces événements littéraires coïncident la naissance des écoles de médecins, de philosophes, d'historiens, la composition des premiers ouvrages en prose, attribuée tantôt à Phérécyde de Syros le philosophe, tantôt à Phérécyde d'Athènes, ou bien à Hécatée de Milet, deux des maîtres d'Hérodote ; enfin l'origine de la comédie et de la tragédie. Et alors se révèle à nous une des plus belles transformations de l'intelligence humaine, la décadence de cette inspiration poétique qui seule anime les œuvres d'une littérature primitive, le triomphe de l'esprit d'analyse et de critique, la division de l'épopée en

---

(1) V, 58.
(2) V. les interprètes de l'*Odyssée,* XXI, 391.
(3) Pline, l. c., et les interprètes sur ce passage.
(4) Plutarque, *Vie d'Alcibiade,* c. 7.

plusieurs genres de littérature, division que déjà nous faisait pressentir Hésiode; pour tout dire en un mot, le partage de l'empire d'Homère entre ses successeurs.

II.

« On dit que près de Naucratis, en Egypte, il y eut un dieu,
« l'un des plus anciennement adorés dans le pays, et celui-là
« même auquel est consacré l'oiseau que l'on nomme ibis. Ce
« dieu s'appelle Theuth. On dit qu'il inventa le premier les nom-
« bres, le calcul, la géométrie et l'astronomie ; les jeux d'échecs,
« de dés et l'écriture. L'Egypte tout entière était alors sous la
« domination de Thamus, qui habitait dans la grande ville, capi-
« tale de la Haute-Egypte.... Theuth y vint trouver le roi, lui
« montra les arts qu'il avait inventés, et lui dit qu'il fallait en faire
« part à tous les Egyptiens.... Quand ils en furent à l'écriture :
« Cette science, ô roi, lui dit Theuth, rendra les Egyptiens plus
« savants, et soulagera leur mémoire. C'est un remède que j'ai
« trouvé contre la difficulté d'apprendre et de savoir.—Le roi lui
« répondit : Industrieux Theuth, tel homme est capable d'enfan-
« ter les arts, tel autre d'apprécier les avantages ou les désavan-
« tages qui peuvent résulter de leur emploi; et toi, père de l'écri-
« ture, par une bienveillance naturelle pour ton ouvrage, tu l'as
« vu tout autre qu'il n'est : il ne produira que l'oubli dans l'esprit
« de ceux qui apprennent, en leur faisant négliger la mémoire.
« En effet, ils laisseront à ces caractères étrangers le soin de leur
« rappeler ce qu'ils auront confié à l'écriture, et n'en garderont
« eux-mêmes aucun souvenir. Tu n'as donc pas trouvé un moyen
« pour la mémoire, mais seulement pour la réminiscence, et tu
« n'offres à tes disciples que le nom de la science, sans la réalité;
« car lorsqu'ils auront lu beaucoup de choses sans maîtres, ils se
« croiront de nombreuses connaissances, tout ignorants qu'ils
« seront pour la plupart, et la fausse opinion qu'ils auront de

« leur science les rendra insupportables dans le commerce de la
« vie (1). »

Ces profondes et symboliques paroles de Platon semblent inspi-
rées par le spectacle de la révolution que sa patrie avait vu
s'accomplir entre Pisistrate et Périclès. Ce que le bon Thamus
prédisait à l'industrieux Theuth, sur les effets de l'invention
des lettres, le dernier des homérides aurait pu le prédire aux
peuples grecs le jour où parut dans leurs ports ce fatal présent
de l'Egypte qui devait doubler la puissance de l'écriture. Dès
ce moment, l'âge héroïque était fermé sans retour. Aux aèdes,
aux homérides, jadis uniques dépositaires de la science di-
vine et humaine, allaient succéder le poète écrivain, le logo-
graphe, le philosophe; la poésie vivait toujours (elle ne saurait
mourir), mais elle ne commandait plus en maîtresse; on lui avait
fait sa part, son rôle dans le monde; on avait limité, divisé
son domaine : elle était dramatique au théâtre, lyrique chez Si-
monide et Pindare, satirique chez Archiloque, philosophique au
sein des écoles. Quant à l'épopée, cette majestueuse encyclopédie de la Grèce antique, depuis que vingt poètes s'en partageaient
les débris, depuis que Xénophane et Pythagore citaient Homère à
leur tribunal pédantesque, qu'en restait-il? une ombre, un vain
souvenir; prolongée par l'imitation et la routine jusqu'aux derniers temps de la littérature classique, l'épopée artificielle des
Pisandre et des Panyasis n'était plus qu'un hommage rendu aux
formes de l'art homérique; l'esprit s'était retiré d'elle, et n'y devait rentrer que sous l'inspiration d'une autre foi nationale et re-
ligieuse.

Mais si la poésie allait s'épuisant, si la mémoire, cette émi-
nente faculté du poète, perdait chaque jour de sa force et de sa
dignité, ce triste déclin était en même temps la condition d'une
gloire nouvelle. La pensée humaine, descendue de son char
pour marcher à pied, suivant l'énergique et pittoresque expres-

____

(1) Platon, Phèdre, t. VI, p. 121 de la Trad. de M. Cousin.

sion d'un ancien (1), vient subir le joug de la raison. Sous le nom
de critique, de philosophie, de science, partout la raison en-
vahit le domaine intellectuel ; elle le partage, elle l'organise : ici
voulant régner seule dans les livres d'Aristote, là par un pacte
sublime s'unissant à l'invention poétique pour réaliser dans les
drames de Sophocle et dans les dialogues de Platon l'idéal de la
perfection littéraire. Homère avait tous les instincts de l'art, les
poètes de Périclès en ont tous les calculs, *et quod nunc ratio est,
impetus ante fuit.* A ces deux termes d'une longue carrière,
l'homme est bien différent de lui-même, mais toujours grand
et toujours faible, toujours fils de Dieu par sa faiblesse comme
par sa grandeur.

Il est donc vrai de le dire, la diffusion du papyrus et le mou-
vement décisif qui entraîne le génie grec dans cette période de
son histoire sont deux faits unis par des liens intimes et pro-
videntiels. A toutes les époques de sa durée, le monde est plein
de ces actions réciproques de l'esprit et de la matière ; et telle
est notre condition ici-bas qu'une vaste révolution dans les idées
devient souvent impossible sans un imperceptible événement
dans l'ordre des choses physiques. L'esprit grec était mûr pour
la science, qui n'a pas d'autre forme que la prose ; mais la prose
ne saurait vivre, dans une littérature, sans un véhicule commode
et sûr ; elle n'a pas, comme les vers, un attrait puissant pour l'ima-
gination et la mémoire. Le papyrus y suppléa, à l'heure même
où il le fallait, au siècle de Pisistrate, lorsque l'ancienne poésie
avait elle-même besoin d'être protégée contre les périls de la
tradition orale. Une fois introduit en Grèce, le papyrus égyptien,
dont l'Egypte n'avait rien su faire que des canons chronologiques,
des légendaires, des rituels, des recueils de formules et de re-
cettes médicales, devient pour l'Europe, pour le monde entier

---

(1) Plutarque, *Sur les oracles de la Pythie*, c. 24, cf., 23 et 18. Stra-
bon aussi a d'excellentes réflexions sur ce sujet dans le premier livre
de sa Géographie.

comme un actif instrument de commerce moral et scientifique ; il fait partie de cette grande civilisation puisée aux sources orientales, mais que la propagande hellénique pouvait seule répandre sur toute la surface de l'Occident.

Ainsi au quinzième siècle, quand l'Europe est agitée de tous les ferments d'une régénération prochaine, quand l'Italie se réveille pour la science et la poésie, et que Constantinople nous envoie, avec les derniers débris de ses bibliothèques, les derniers élèves de ses écoles, que fallait-il pour achever l'œuvre? Il fallait que la pensée humaine retrouvât un moyen puissant et rapide de se traduire et de se propager. Le papyrus était détruit en Egypte depuis l'invasion arabe, et le parchemain ne l'avait jamais qu'imparfaitement remplacé. La fabrication du papier de linge s'étend et se perfectionne dans le treizième et le quatorzième siècle ; puis, quelques années plus tard, Guttemberg et ses immortels associés dotent le monde de l'*imprimerie*. Alors, la raison et la foi vont être vivifiées par une impulsion nouvelle ; alors, l'humanité va continuer avec plus d'ardeur que jamais sa marche un instant ralentie.

Mais, ne l'oublions pas, ce n'était là que la troisième phase d'un progrès qui remonte plus haut : l'écriture et le papyrus marquent les deux premières. Volney n'aurait pas dû oublier les sublimes pages de Platon, ni cette belle réflexion de Pline l'Ancien, que sur l'usage du papyrus repose toute l'histoire et toute la civilisation, *quum chartæ usu maxime humanitas vitæ constet et memoria;* ni cette terrible peinture de Rome ébranlée sous Tibère par une disette de papyrus : *Factum jam Tiberio principe, inopia chartæ, ut e senatu darentur arbitri dispensandæ : alias in tumultu vita erat* (1) !

---

(1) Pline, l. c.

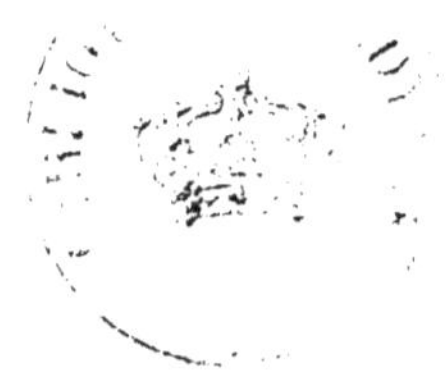